내가 좋아하는 것들, 명상

내가 좋아하는 것들, 명상

용수 지음

008

스토리닷

명상은 행복해지는 게 아니라 밝히는 거예요.

31쪽

알아차림은 생각에 공간을 주는 겁니다.

35쪽

명상의 첫 번째 단계를 폭포 단계라고 해요.
47쪽

멈춤은 몸도 마음도 쉬는 것을 의미합니다.

53쪽

일어나면 궁댕이를 방석에 붙이세요.

69쪽

아무리 고통이 많아도 영원하지 않아요.

141쪽

결코 자신을 비하하지 말아요. 당신이 부처님이기 때문이에요.

145쪽

기다려 보세요. 시간이 정말 약입니다.

147쪽

하늘처럼, 허공처럼 마음을 가져보세요.

178쪽

알아차리겠다는 의도로 걷는 것이 걷기 명상이에요.

181쪽

차례

들어가며

“명상은 알아차림과 익숙해지는 겁니다”

우리 모두는 행복을 원합니다. 행복하고 의미 있는 삶을 지향하며 행복할 수 있는 권리가 있어요. 우리가 원하는 행복은 돈과 명예와 연애와 감각적인 즐거움에서 찾을 수 없어요. 밖에서 찾는 행복은 일시적인 행복이며 진정한 행복은 아닙니다. 오직 안에서 즉 명상으로 찾을 수 있어요. 명상은 행복해지는 방법이 아니라 이미 있는 행복하고 충만한 참본성을 알아보고 경험하는 거예요.

모든 고통은 생각에서 옵니다. 자기 집착과 모든 번뇌는 습관적인 생각으로 나타납니다. 명상은 생각에서 자유로워지고 참본성인 평화롭고 자유로운 알아차림과 익숙해지는 겁니다.

명상의 핵심은 알아차림입니다. 번뇌 망상 즉 생각으로부터 벗어나 이 순간에 깨어나는 겁니다. 처음에는 보이고 들리고 느끼는 것을 알아차리고 중간에는 마음의 습관을 알아차리고 결국은 마음의 본성을 알아차리게 됩니다.

알아차림을 더 많이 경험할수록 생각의 힘이 약해지고 마음이 고요해지고 유연해지고 비워집니다. 점차 참본성의 평화와 자유와 지혜와 자비를 더 많이 경험하게 됩니다.

시간이 다해 가고 있는 남은 인생에 명상을 하십시오!

작게나마 여러분의 명상에 도움이 되기를 바랍니다. 원고를 정리하고 책으로 펴내 주신 스토리닷 대표 이정하 님과 제 글을 알아듣기 쉽게 잘 다듬어 주는 제 친구 이혜숙 님에게 깊이 감사드립니다.

저에게 복이 있다면 달라이라마 존자님과 은사 스님, 빼마왕겔 린포체님과 자비로운 제 스승님들 덕분입니다. 스승님들과 중생의 하늘 같은 은혜는 오직 수행으로 갚을 수 있으니 열심히 정진하겠습니다.

사마타와 위빠사나

사마타는 알아차림을 기르는 것입니다. 마음이 이 순간에 더 깨어 있을수록 고요해집니다. 생각이 잦아들고 마음이 여유로워져요.

위빠사나는 실상을 보는 것입니다. 마음이 고요하면 고, 무아, 무상, 공성, 불성을 알 수 있어요. 사마타를 기반으로 하는 통찰을 의미합니다. 실상을 알아서 자유를 갖게 하는 지혜입니다.

사마타가 되면 위빠사나가 따라와요. 강물이 너무 빨리 흐르면 보이는 게 없지만 천천히 흐르면 보이는 게 많아요.

사마타는 앎이며 위빠사나는 인지입니다. 아이유를 보는 것은 사마타, 아이유를 알아보는 것은 위빠사나! 아이유를 모르는 사람이 아이유를 만나는 것은 사마타, 아이유를 아는 사람이 아이유를 만나는 것은 위빠사나!

사마타는 내려놓는 것이며 위빠사나는 내려놓은 자리에서 일어나는 통찰입니다. 사마타는 색을 알아차리는 것이며 위빠사나는 색즉시공을 알아차리는 겁니다. 사마타는 선정바라밀이라면 위빠사나는 지혜바라밀입니다. 수행의 길은 바로 사마타와 위빠사나입니다.

늘 깨어 있는 것

불방일을 평생 화두로 삼기로 했어요. 화두란 늘 마음에 간직하는 뜻인데, 매 순간 산란하지 않게 마음을 단속하며 로 살기로 했어요. 불방일은 아집과 산란함을 늘 주의하며 알아차리며 보리심을 보호하는 마음의 자세입니다. 마음이 흩어지지 않도록, 보리심이 약해지지 않도록 늘 깨어 있는 겁니다. 불방일은 명상의 한 측면이며 알아차림과 함께 길러야 합니다.

군인이 전쟁터로 갈 때
의사가 수술을 할 때
큰스님을 모실 때
마음의 자세입니다.
열려 있고 준비된
신중하고 조심스러운
마음의 자세입니다.

이 순간에 깨어나십시오

평생 자신으로부터 도망 다니고 있어요. 자신의 현실을 직면하기 싫은 거예요. 여러 도피 전략이 작동되고 있어요. 바쁘게 지내거나 TV 앞에서 멍 때리거나 명상조차도 도피의 전략이 될 수 있어요.

그런데 명상은 도피의 정확한 반대입니다. 명상은 궁극적인 자신의 자체, 즉 순수 알아차림을 통하여 마음의 습관과 연결하는 겁니다. 궁극적인 참본성인 알아차림을 통하여 상대적인 자신에게서 깨어나는 겁니다. 여기, 이 순간에 깨어나십시오. 이게 다예요. 다른 수행 없어요.

자신을 만날 수 있는 용기를 가지십시오. 마음의 습관이 일어날 때마다 오염되지 않은 광활하고 변함없는 측면을 만날 수 있어요. 마음의 순간을 비춰주는 순간, 그것이 실재하지 않음을 알게 되어 자유로워요. 공한 자각! 여기에 익숙해지세요.

명상이란

명상을 하면 고통이 없어질 줄 알았지만 명상을 좀 하면 고통이 있는 것에 좌절해요.

명상은 고통을 없애는 게 아니라 고통을 알아 가는 거예요. 평생 외면했던 감정을 직면하게 되면 어찌 아프지 않을 수가 있겠어요. 자신의 구속과 아픔을 더 생생하게 느껴서 자유로워지는 거예요. 자신의 무지를 알아봐야지 지혜로워지는 거예요. 슬픔과 불안이 나쁘지 않다는 것을 알아야지 벗어나게 돼요.

명상은 행복해지는 게 아니라 밝히는 거예요. 자신의 업을 밝히는 거예요. 실체가 없는 고통의 본질을 밝히는 거예요. 어둠을 밝혀야지 빛을 알게 돼요.

명상의 비결

명상의 비결을 알려 드릴까요?

릴렉스입니다.

마음을 여는 비결을 알려 드릴까요?

릴렉스입니다.

잘 살고 잘 죽는 비결을 알려 드릴까요?

릴렉스입니다.

모든 좋은 마음의 상태는 릴렉스가 있어요. 릴렉스가 자비와 지혜와 알아차림의 관문입니다. 릴렉스가 뭡니까? 힘을 빼는 거예요. 이 순간의 현상을 저항하지 않고 허용하는 거예요. 힘을 빼는 순간, 생각이 놓아지고 알아차림이 있어요. 릴렉스 + 자각 = 명상.

시각 속에서 릴렉스

청각 속에서 릴렉스

후각 속에서 릴렉스

미각 속에서 릴렉스

촉각 속에서 릴렉스

생각 속에서 릴렉스

감정 속에서 릴렉스

보이고 들리고 느껴지면서 마음은 편안합니다. 어떤 경우에도 당황하지 말고 릴렉스!

생각을 바르게 다루는 것

문제, 장애, 미움, 집착, 질투, 오만, 역경, 전부 다 생각으로 만들어요. 불안장애, 우울증, 공황장애도 생각으로 만들어요. 일어나는 생각에 속아서, 일어나는 생각에 지배를 받아서 모든 불필요한 고통이 있는 거예요.

옷장에 괴물이 있는 줄 생각하면 두렵지만 열어 보면 아무도 없어요. 캄캄한 밤에 무서운 사람이 있는 것 같지만 손전등을 비추면 나무뿐이라는 것을 알게 됩니다. 밧줄이 뱀인 줄 알면 무섭지만 똑바로 보면 환상이 깨집니다.

이와 같이 생각은 실체가 없어요. 생각도 똑바로 보면 환상이 깨져요. 알아차림은 생각에 공간을 주는 겁니다. 오고 가게 허용하는 겁니다. 생각의 소나기가 지나갈 때까지 가만히 있는 겁니다. 생각의 구름을 알아차림의 하늘에 Let it be 하는 겁니다. 생각을 바르게 다루는 것이 명상의 진수입니다. 다른 것은 몰라도 이것은 배워야 해요!

중생은 밧줄에 놀라고 도인은 밧줄의 본질을 알아봅니다.

명상은 '그냥'입니다

슬럼프를 넘기는 비결은 '그냥'입니다. 그냥 일어나고, 그냥 할 일을 하고, 그냥 앞으로 나가는 겁니다. 생각을 굴리면 오래 가요.

피곤함을 잘 넘기는 비결은 '그냥'입니다. 그냥 하면 피로가 풀려요. 영원하지 않아요.

명상은 '그냥'입니다! 설거지할 때 그냥 설거지하는 거예요. 밥 먹을 때, TV 볼 때, 산책할 때 단순히 그냥 하면 명상이 됩니다.

삶의 비결은 '그냥'입니다. 그냥 사는 거 말고는 할 게 없어요.

명상은 해체

문제라고 하는 것은 조작뿐입니다. 없는 일을 있는 일로 만들고, 있는 일을 큰 일로 만들어요. 생각으로 견고하게 사실처럼 만들어요.

명상은 뭘 만들지 않는 거예요. 명상은 해체입니다. 마음을 비우면 지혜가 저절로 일어나요.

하루하루 순간순간 뭘 만들지 마세요. 뭘 만들지 않으면 남는 것이 지혜입니다.

떡볶이는 만들어도 돼요. 맛있잖아요. (가을 아침이 좀 썰렁합니다.)

생각 해탈법

생각을 해탈시킬 줄 아는 것이 명상의 요점입니다. 생각에 휩쓸려 가는 것이 고통의 의미입니다. 윤회는 생각입니다. 생각을 해탈하게 하는 것은

* 생각이 저절로 일어나고 저절로 가라앉게 허용합니다.
* 생각에 공간을 줍니다.
* 생각을 객관적으로 바라봅니다.
* 생각과 상호 작용 하지 않습니다.
* 생각을 담담하게 지켜봅니다.
* 생각 속에 릴렉스.
* 생각이 보이면서 편안합니다.
* 생각이 있지만 저항이 없어요.
* 움직임이 있는 것과 함께하지 않고 움직임이 없는 것과 함께합니다.
* 생각의 구름과 함께하지 않고 알아차림의 하늘과 함께합니다.
* Relax & Let it be.

생각으로부터 자유로워지는 만큼 평화로운 것이며 생각에 빠지는 만큼 불행합니다. 알아차림의 힘이 있는 만큼 자유로워질 수 있고 알아차림의 힘이 없는 만큼 생각에 끌려가요. 알아차림! 연습!

‘법곰’이 되지 않도록

배운 것은 많은데 수행이 부족하다는 느낌이 요즘에 많이 들어요. 처음에는 많이 배워야 하지만 어느 때가 되면 수행을 해야 합니다.

배가 고프면 밥을 먹어야 되고 고통이 있으면 명상을 해야 합니다. 법문만 좋아하는 것은 메뉴만 보고 감탄하는 것과 같아요. 수행을 만난 지 오래되었고 아는 것은 많은데 마음이 너무 산란하고 사소한 것에 매달리면 미친 사람에 불과해요.

법을 너무 많이 배웠지만 실천하지 않아서 자신의 행동이 달라지지 않는 사람을 '법곰'이라고 해요. 저도 모르게 법곰이 되어 가고 있었어요. 법곰이 되지 않도록 주의해야 합니다. 이제 수행만 남았어요.

이 순간에 보이고 들리고 느끼는 것

명상을 너무 어렵게 생각하지 마세요. 명상은 만끽하는 겁니다. 이 순간을 만끽하는 겁니다. 이 순간에 보이고 들리고 느끼는 것을 만끽하는 겁니다. 그냥 살아 있는 것입니다.

이 순간에 깨어나십시오.

이 순간을 누리십시오.

삶을 만끽하십시오.

창문에서 들어오는 햇살이 따뜻하네요.

차 맛이 좋아요.

명상은 앎

명상을 제대로 하고 있는지 어떻게 알 수 있을까요? 생각이 많고 굉장히 세고 집중이 하나도 안 되면 제대로 명상을 하고 있어요. 보지 못한 미친 원숭이 같은 마음을 보게 된 거예요.

명상의 첫 번째 단계는 폭포 단계라고 해요. 생각이 폭포처럼 쏟아지는 경험을 합니다. 거칠고 시끄러운 마음을 보기 시작합니다. 더 안 좋아진 것 같지만 마음이 명료해진 거예요. 원래 복잡하고 부산한 마음을 보게 된 거예요. 보는 것이 명상이고 보이면 달라져요.

처음에는 아프고 거칠고 산만하고 이기적이고 부정적인 마음을 봐야 해요. 첫 겹을 통과해야지 고요하고 자유로운 마음을 맛볼 수 있어요. 이게 해독 과정이라고 볼 수 있어요.

차크라가 열리고 빛이 보이고 특별한 체험을 하고 있으면 길을 잘못 가고 있어요.

집중이 하나도 안 되고 생각이 엄청 많고 무릎이 아프면 잘하고 있는 거예요. 명상은 고요함이 아니라 앎입니다. 알게 되면 고요해져요.

알아차림이 요점

명상은 승화의 길입니다.

세상을 떠나는 것이 아니라 세상에 마음을 여는 겁니다.

자신을 바꾸는 게 아니라 자신을 받아들이는 겁니다.

고통을 없애는 게 아니라 고통에 깨어나는 거예요.

욕망을 없애는 게 아니라 알아차리는 거예요.

화를 참는 게 아니라 알아 가는 거예요.

허물을 극복하는 게 아니라 허물과 친절하게 지내는 거예요.

즐거움은 붙잡지 않으면 좋은 것이에요. 아픔은 거부하지 않으면 문제가 되지 않아요. 세상에 약이 아닌 식물이 없어요. 이용에 따라 독이 약이 되고 약이 독이 돼요. 언제 어떻게 얼마나 섭취하는지가 중요하죠. 마찬가지로 지혜가 아닌 감정이 하나도 없어요. 어떻게 접하느냐가 중요해요.

알아차림이 요점입니다. 깨어 있는 삶을 배우십시오.

기대와 걱정은 세트

행복의 가장 큰 장애는 기대입니다. 수행의 가장 큰 장애는 기대입니다. 인간관계의 가장 큰 장애는 기대입니다. 기대가 없으면 장애도 고통도 확 줄어들어요.

기대로 자식의 삶을 망쳐요. 집착이란 기대를 의미합니다. 좋은 대학교 가기를 바라는 것은 괜찮지만 절대적으로 가야 된다는 것은 집착이며 자신과 자식에게 고통을 만들어요. 기대와 걱정은 세트입니다.

기대로 인간관계가 틀어져요. 처음에 잘 지내는 이유는 기대가 없기 때문입니다. 행복에 대한 기대가 없으면 행복할지, 행복하지 않을지는 모르겠지만 고통은 많이 없어요. 명상도 기대가 없으면 잘돼요. 좋은 경험을 하면 기대가 생겨서 명상이 힘들어져요.

사랑은 자신과 남들과 세상을 있는 그대로 받아들이는 겁니다. 사랑은 조건이 없고 집착은 기대가 많아요.

기대와 발원은 달라요. 기대는 집착이고 발원은 방향입니다. 자신에 대한 기대가 없으면 잘하는 것이 뿌듯하고 못하는 것을 봐줄 수 있어요.

뭐가 잘되면 기대가 생겨서 망쳐요. 항상 기대를 주의해야 합니다. 기대가 없으면 좋은 것이 감사하고 안 좋은 것을 받아들일 수 있어요. 큰 만족을 누리게 됩니다.

멈춤을 수행하세요

집을 나가기 전에 잠시 멈추고 나가세요. 빠트린 게 있는지 확인이 됩니다.

남을 흉보고 싶을 때 잠시 멈추고 힘을 빼세요. 유혹이 지나가면 말을 안 한 것이 다행일 겁니다.

마음이 초조하고 불안할 때 잠시 멈추고 몸의 반응을 알아차려 보세요. 몸을 알아차리면 불안의 에너지가 저절로 풀리고 허용할 수 있습니다.

나쁜 버릇에 빠지려고 할 때 잠시 멈추세요. 선택권이 생겨서 다르게 행할 수 있어요.

당황스럽고 혼란스러울 때 잠시 멈추고 심호흡을 한번 하세요. 마음이 명료해질 때까지 반복하세요.

마음이 괴로울 때 잠시 멈춰 보세요. 영원하지 않다는 것을 알게 됩니다.

몸이 아플 때 잠시 멈춰 보세요. 습관적인 반응으로 대하지 않으면 감당하기 쉬워요.

멈춤을 수행하면 통찰이 옵니다. '지나가네. 실체가 없네. 괜찮네.'

멈춤은 가만히 있는 것, 힘을 빼는 것, 기다려 보는 것, 몸도 마음도 쉬는 것을 의미합니다. 짧게 자주 멈춤을 수행하세요.

마음 하나 잘 지키면

관심일법(觀心一法)

총섭제행(總攝諸行)

혜가 스님이 달마대사께 가장 핵심적인 가르침을 달라고 했을 때 주신 답입니다. 마음 하나만 잘 지키면 모든 것이 저절로 해결된다는 뜻입니다. 다른 사람 때문에 힘든 게 아니라 마음 때문입니다. 마음을 해결하면 나머지는 아주 쉽게 많은 경우에 저절로 해결됩니다.

마음을 해결한다는 것은 마음을 푸는 겁니다. 마음이 꼬이면 삶이 꼬입니다. 감정 때문에 힘든 게 아니라 감정을 집착해서 힘듭니다. 감정이 일어나는 즉시 마음을 풀면 문제가 되지 않아요. 반면에 생각을 따라가서 해결책을 밖에서 찾으면 문제가 커져요. 머리를 따라가면 상황을 더 복잡하게 해요. 마음을 먼저 비우면 현명하게 자비롭게 자연스럽게 행할 수 있어요. 많은 경우에 할 게 없어져요.

명상은 고요함에 귀를 기울이는 거예요. 생각을 놓은 자리에 고요함이 있어요. 마음을 비우면 알 것을 알게 돼요. 머리를 따라가면 인생이 꼬여요.

항상 마음을 비우고 고요함을 보호하세요. 머리로 살지 말고 직감으로 살아 보세요. 마음 하나만 잘 지키면 인생이 지극히 단순해지고 평화로워요.

명상의 핵심 3가지

* 마음을 우선으로 삼으면 다른 모든 것은 저절로 해결이 된다.
* 대충은 죽음이다. 성의없이 하려면 차라리 안 하는 것이 낫다.
* 마음의 변화는 끊임없는 노력에 있다. 단호한 결의가 결정적이다.

잊지 마라. 수행은 기억하는 것이다.

생각으로부터 벗어나게 하는 진언

명상의 진수는 생각으로부터 자유로워지는 겁니다. 생각이 우리를 괴롭히고 업장을 강화시키고 모든 고통의 원인입니다. 생각으로부터 벗어나게 하는 진언을 소개합니다.

* 신경 꺼.
* 몰라. 몰라도 돼.
* 괜찮아.
* 괜찮을 거야.
* 아무 문제 없어!
* Let it be.
* Let it go.
* Relax.
* All is well.
* No problem.

알아차림의 공간 속에 생각을 있는 그대로 바라보는 것이 명상인데 잘 안 되면 진언을 반복해서 외워도 같은 효과를 볼 수 있어요. 자신에게 도움이 되는 진언 한두 개 아니면 번갈아가면서 사용하셔도 좋아요. (위 진언은 열흘간 무료 체험 가능합니다.)

명상 모드

마음을 닦는다는 것은 무엇을 닦는 겁니까? 좋은 것을 바라고 안 좋은 것을 두려워하는 분별심을 닦는 겁니다. 분별심은 뭡니까? 습관적으로 일어나는 좋고 나쁘고 하는 생각입니다.

명상은 뭡니까? 좋고 나쁘고 하는 마음 없이 보고 듣고 느끼는 겁니다. 일어나는 생각과 감정도 담담하게 지켜보는 겁니다. 코멘트 없이 목격하는 겁니다.

마음은 두 가지 측면이 있습니다. 움직이는 마음과 움직이지 않는 마음. 움직이는 마음 즉 생각과 동일시해서 모든 고통이 있어요. 움직이지 않는 마음, 변하지 않는 마음, 거울처럼 그대로 비춰 주지만 실체가 없는 마음과 동일시하는 것을 배워야 해요. 결국 두 가지 마음의 측면이 둘이 아니라는 것을 알게 되어요.

명상 모드로 사는 것을 배워야 해요. 명상 모드는 알아차림을 향한 마음, 생각을 버리는 것이 목적인 마음의 자세입니다. 명상 모드가 명상을 경험하게 합니다.

자동 모드 vs 명상 모드

우리는 자동 모드로 살고 있어요. 마음이 자동으로 움직이고 방향 없이 헤매고 있어요. 무슨 생각하고 있는지 모르면서 습관적으로 저절로 생각이 굴러가요. 업에 매달리면서 생각의 노예로 살고 있어요.

명상 모드(본성 모드)는 마음을 바로잡아 주는 겁니다. 아집을 버리고 깨어 있겠다는 의도입니다. 알아차림으로 향하는 마음의 자세입니다. 보리심이 목적인 마음의 자세입니다. 습관으로 살지 않고 본성으로 사는 것입니다.

명상 모드로 오늘 그리고 매일, 매 순간 살도록 하세요. 머리에 전원 스위치를 끄고 가슴에 전원 스위치를 켜세요. 명상 모드가 고장이 날 때는 껐다 켰다 하면 다시 잘돼요. 올라오는 마음을 잘 주시하고 깨어 있겠다는 동기를 다시 세우는 거죠.

마음을 알아차린다는 것

수행은 매우 단순하지만 매우 어려워요. 수행은 이 순간에 일어나는 마음을 알아차리는 거예요. 다른 수행 없어요.

알아차린다는 것은

1. 무슨 생각하고 있는지 아는 것
2. 감정을 생생하게 느끼는 것
3. 생각이 보이는 것
4. 무슨 감정이 있는지 아는 것
5. 받아들이는 것

알아차리면

1. 생각을 객관적으로 바라보게 됩니다.
2. 감정과 분리됩니다.
3. 생각이 놓아집니다.
4. 감정이 흩어집니다.
5. 평화와 자유가 있어요.

여러 가지 설명이 있지만 방법은 똑같고 결과도 똑같아요. 쉽게 말하자면 알아차림은 생각을 놓는 거예요. 알아차림! 이게 뭔지 이해하고 체험하고 익숙해져야 합니다.

마음의 패턴

언제나 해결할 것은 마음뿐인데 마음을 보지 않고 마음이 시키는 대로 하려고 합니다. 마음의 전략은 고통을 피하는 것입니다. 불만이 가득한 고통을 만드는 마음의 습관을 알아보는 게 수행의 핵심이며 업장 소멸입니다.

마음의 패턴을 알아차리면 전략을 따라가지 않고 내려놓을 수 있습니다. 즉시 마음의 평화가 있어요. 마음의 평화와 익숙해지는 것이 명상입니다.

부족함이 없고 만족하고 뭘 찾지 않고 해결할 것이 없고 열려 있는 마음의 상태가 있어요. 갈 곳도 없고 할 것도 없는 그냥 이 순간을 누리는 마음 상태를 우리 모두가 때때로 경험합니다.

바라는 것도 걱정도 없는 자유롭고 평화로운 마음의 상태와 익숙해지는 것이 수행입니다. 이게 우리의 마음의 본성이며 내려놓음 속에서 늘 가능한 명상 상태입니다.

진정한 수행은 자신을 바꾸는 게 아니라 올라오는 불만스러운 마음을 내려놓는 것입니다. 마음의 패턴을 알아보고 또 알아보는 겁니다.

도로 아미타불 예방법

집중 수행할 때는 마음이 활짝 열리고 법회 때도 신심이 나고 수행만 하고 싶다가 일상으로 돌아오면 변한 게 없고 예전처럼 똑같이 힘듭니다. 수행을 일상으로 가져오지 못하는 현상은 너무나 흔한 수행하는 사람의 경험입니다. 도로 아미타불이 되지 않도록 몇 가지 예방법을 소개합니다.

1. 자신이 자신의 스승이 되어야 합니다. 자신의 삶과 수행과 행복은 자신에게 달려 있어요.
2. 기도와 좌선처럼 매일 하는 수행이 절대적으로 필요합니다. 휴대전화는 충전하지 않으면 안 되잖아요. 수행자는 매일 하는 수행이 없으면 안 됩니다. 일어나면 궁댕이를 방석에 붙이세요.
3. 일상을 수행으로 삼아야 합니다. 시간을 의미 있게 보내고 일상에서 일어나는 감정을 잘 알아차려야 합니다. 의도적인 삶을 살아야 마음의 습관에 매달리지 않게 됩니다. 산란함과 아집을 주의하기 위해 마음의 방향이 있어야 합니다. 티베트 불교 수행자들은 오전에 세 번, 오후에 세 번 하루에 여섯 번 보리심과 깨어 있음의 의도를 마음에 새깁니다. 까먹기 때문입니다. 의도적인 삶을 사는 것이 도로 아미타불 예방법입니다.

고요

고요함을 찾는 게 명상입니다. 고요함과 함께하는 게 명상입니다. 표면의식 즉 생각하는 마음에서 고요함 속으로 내려가는 것이 명상입니다.

고요함에 평화와 지혜가 있어요. 고요함을 알아차려 보세요. 고요함 속에 쉼을 취하세요. 고요함 속에 답이 있어요. 알 것을 다 알게 되어요. 고요함이 부처님입니다.

고요함 속에 정화가 있어요. 치유가 있어요. 쉼이 있어요. 통찰이 있어요. 늘 고요함 속에 머무세요.

깨어나세요

어려움이 있을 때 깨어 있고 마음을 열어야 하는데 마음을 닫고 잠드는 습관이 있어요. 바로 그때, 자기 고통에 눈을 떠야 하는데 눈을 감아요. 업으로부터 도망가요.

수행은 자기 사는 방식에서 깨어나는 거예요. 인간관계를 대하는 방식에서 깨어나는 거예요. 깨어나면 다르게 행할 수 있어요. 다르게 살 수 있어요. 윤회는 재방송입니다. 같은 프로그램이 반복되는 것입니다. 어떻게 행하는지, 어떻게 사는지 객관적으로 살피게 되면 저절로 고쳐지기 마련이에요. 자신에게 양심도 있고 지혜도 있어요. 자기 생활 패턴이 보이면 어떻게 벗어나는지 스스로 알게 돼요. 자신으로부터 깨어나세요. 이게 명상이에요.

의도 되세우기 & 알아차림 일깨워 주기

의도를 하루 종일 되세우는 것이 중요합니다. 아침에 깨어 있고 자비심을 놓치지 않겠다는 의도로 하루를 시작합니다. 하루 종일 의도를 확인하고 다시 세워서 남은 하루에 반영되게 합니다. 동기를 쉽게 놓치기 때문에 하는 겁니다.

하루를 살아가는 동안 짧은 명상 연습으로 알아차림을 일깨워 줍니다. 버스나 지하철을 타면서, 산책하면서, 집안일 하면서 짧게 명상을 하는 겁니다. 알아차림에 탄력이 붙게 하는 겁니다.

의도를 세우는 것과 알아차림을 일깨워 주는 것은 수행을 유지하기 위한 것입니다. 에너지가 탁해지지 않도록 수행 줄을 놓지 않는 것이 중요합니다. 삶의 모든 측면을 수행으로 가져오기 위해 수행은 정말 성의껏 해야 합니다.

알아차림이 답입니다

삶은 공허하고 마음은 우울하고 불안합니까? 정상입니다! 인정을 못 해서 알아차리지 못해서 아니라고 할 수 있지만 다 그래요. 정도의 차이만 있을 뿐입니다. 가끔 한동안 고통으로부터 멀어지는 것을 경험하면서 행복을 느끼지만 고통은 끈질기게 평생 우리와 동반합니다.

그런데 고통은 우리 자체가 아니며 우리 업입니다. 행복이 우리 자체입니다. 자신을 구해 줄 사람은 자신뿐이며 마음공부가 유일한 답입니다. 제 삶의 지침 몇 가지를 소개합니다.

* 알아차림이 답입니다. 생각을 놓는 게 답입니다. 생각 없이 깨어 있는 것이 우선이며 기본입니다.
* 모든 행복의 원인은 타인을 생각하는 마음이며 모든 고통의 원인은 자기만 생각하는 마음입니다. 이 사실이 설득이 될 때까지 연습을 해야 합니다.
* 어려움을 넘기는 비결은 희망을 잃지 않는 겁니다. 삶의 유일한 장애는 포기하는 것입니다. Try. Try. Try. 답을 찾지 말고 그냥 앞으로 나가세요.
* 시간을 잘 활용하세요. 마음을 굳건히 먹고 한순간도 산란하지 않겠다고 한순간도 낭비하지 않겠다고 의도적으로 하루를 살아 보세요.

알아차림의 효능 10가지

* 편안하다. 알아차림이 있으면 몸과 마음의 현상이 허용되기 때문에, 저항이 없기 때문에 편안함이 있어요.
* 명료하다. 보이고 들리고 느끼는 앎이 있어요.
* 현존감. 마음이 이 순간에 있는 것이 알아차림이기 때문에 현존하는 감이 있어요. Sense of presence.
* 선택권. 분노가 있어도 화를 내지 않을 수 있는 선택권이 있어요.
* 여유로움. 감정과 붙어 있지 않기 때문에 마음이 여유로워요. 생각과 분리되기 때문에 거리가 생겨요.
* 무집착. 알아차림이 있으면 생각과 감정이 객관화가 되어서 집착이 없어요.
* 자유롭다. 알아차림은 허공처럼 걸림이 없어서 자유로워요. 우리의 참본성은 광활한 하늘 같은 알아차림입니다.
* 지혜롭다. 생각을 집착하면 지혜가 없고 생각을 놓으면 지혜가 있어요.
* 홀가분하다. 생각을 벗어나기 때문에 마음이 가벼워요. 짐을 내려놓은 것처럼 몸도 마음도 홀가분해요.
* 자비롭다. 나를 집착하지 않기 때문에 타인을 생각할 수 있어요.

명상은 비우는 것

수행은 무의식 다시 말해 업을 드러나게 하는 것입니다. 드러나면 업의 작동이 약해지고 업으로부터 자유로워져요.

심리 상담과 일기 쓰는 것도 바로 이런 역할을 합니다. 하지만 제일 직접적인 방법은 명상입니다. 순간순간 올라오는 마음이 바로 우리의 업입니다. 업은 과거입니다. 저장된 기억입니다.

알아차림이 없어서 업이 무의식적으로 돌아가고 우리는 습관적으로 살고 있어요. 알아차림이 있으면 자기 업을 객관적으로 바라볼 수 있어서 깨달음과 해탈이 일어나요. 자신을 고치는 게 아니라 알아 가는 겁니다. 알아 가면서 저절로 고쳐져요.

끝없이 드러내는 것, 즉 비우는 것이 명상입니다. 무의식이 완전히 비워지면 그게 마지막 해탈입니다. 구체적인 방법은 알아차림 속으로 생각을 Let it be 하는 겁니다.

아무것도 안 하는 게 명상입니다

할 게 없는 게 명상입니다. 뭘 하는 것이 아니라 아무것도 안 하는 것입니다. 그냥 존재하는 겁니다. 아무것도 안 하는 것이 괜찮을 때, 아무것도 안 하는 것이 좋을 때 진정한 평화를 알 겁니다.

아무것도 안 하면서 차 한 잔을 마셔 보세요. 엄청난 공덕이 있어요. 산책할 때 산책만 하세요. 보고 듣고 느끼면서 걷는 자체를 즐기세요. 멀티태스킹이 아니라 단 한 가지에 마음을 두세요.

할 게 없이 살아 보세요. 해야 할 모든 것을 저절로 하게 됩니다. 어렵게 열심히 사는 게 절대 잘 사는 게 아닙니다. 바라는 것을 버리면 바라는 것이 우리를 찾아와요. 할 게 없을 때 진정한 삶을 살게 돼요. 이게 삶의 신비로운 비밀입니다.

끊임없이 자신을 벗기세요

명상은 내가 누구인가를 알아 가는 과정입니다.

내가 누구인가를 알기 위해 내가 아닌 것을 버립니다.

'나'라고 생각하는 모든 것을 버립니다.

명상은 해체입니다.

'나'가 생각하는 대로 있지 않다는 것, 실제로 있지 않다는 것, 환영처럼 있다는 것, '나'가 없다는 것, 알 때까지 에고의 구조를 해체합니다.

그때는 내가 누구인지 알게 됩니다.

진면목을 보게 됩니다.

나는 태양보다 만 배 더 환한 빛입니다.

나는 모든 것이면서 아무것도 아닙니다.

나는 태어나지 않았고 죽지 않아요.

나는 찬란한 텅 빈 자각입니다.

나는 사랑 그 자체, 지혜 그 자체입니다.

끊임없이 자기를 벗기세요.

그럼 자기를 알 겁니다.

얼마 남지 않았으니 명상하세요

남은 인생이 1년이라면 계속할 것과 그만할 것이 뭘까요?

남은 인생이 한 달이라면 계속할 것과 그만할 것이 뭘까요?

남은 인생이 하루라면 계속할 것과 그만할 것이 뭘까요?

- 족첸 뾘롭 린포체

죽음이 다가오고 있어요. 이생에 가장 중요한 시험 즉 죽음을 잘 준비해야 합니다. 죽음을 준비하는 몇 가지를 소개합니다.

* 물건을 줄이세요. 다 주고 가요. 물건을 줄이면 집착도 줄어들어요.
* 인연을 정리하세요. 용서를 빌고 용서를 하고 감사를 표하세요.
* 명상을 하세요. 늙어서도 죽을 때도 의미 있고 도움이 되는 것은 마음공부뿐입니다.
* 좋은 일을 많이 하세요. 미래 생에 수행과 행복의 조건은 공덕입니다.
* 죽음을 미리 생각하고 계획하세요. 죽음이 임박한 것처럼 유서를 쓰고 실제적인 계획을 세우세요. 몰라서 그렇지 죽음이 정말 임박합니다.

잠시 멈춤

수행의 비결은 '짧게 자주'입니다.

알아차림도 짧게 자주

자비심도 짧게 자주

명상은 멈추는 겁니다.

잠시 멈추면 하지 말아야 할 말을 안 하게 돼요.

잠시 멈추면 알아야 할 것을 알게 돼요.

잠시 멈추면 화도 풀리고 화낼 일이 없어져요.

잠시 멈추면 욕망도 지나가고 만족해요.

잠시 멈추면 이유 없이 행복해요.

잠시 멈추면 바른 말과 행동을 저절로 하게 돼요.

잠시 멈추면 습관적으로 반응하지 않게 돼요.

잠시 멈추면 통찰이 와요.

잠시 멈추면 안 좋은 마음은 날아가고 좋은 마음은 깊어져요.

좋을 때도 안 좋을 때도

의미 있는 멈춤!

짧게 자주 가져 보세요.

불안과 두려움을 다루는 명상 4단계

1. 바라봄 : 불안이 있다는 것을 알아봅니다.
2. 함께하기 : 불안을 허용합니다.
3. 탐구 : 궁금한 마음으로 불안이 어디에 있는지, 불안이 무엇인지 살펴봅니다.
4. 합일 : 불안과 하나가 됩니다. 불안 자체가 됩니다. 불안이 느껴지면서 주체와 객체가 없어요. 불이 불안, 무아 불안이 됩니다.

- 홀로첵 법사님

그냥 두세요

자신의 모든 섭섭함 억울함 답답함이 조용히 저절로 죽게 마음을 여유롭게 가져 보세요. 문제는 '나' '나' '나'입니다. '나'를 버리면 문제가 없고 할 것도 없어요. '나'가 섭섭하면 '나'가 억울하면 '나'가 답답하면 문제도 할 것도 많아요.

'나'를 버리는 방법은 저절로 풀리게 마음을 너그럽게 가지는 겁니다. 물 위에 글씨를 쓰면 저절로 없어지는 것처럼, 흙탕물을 휘젓지 않으면 물이 저절로 맑아지는 것처럼, 마음을 그냥 두면 저절로 고요해지고 맑아져요. 알아차림 속으로 모든 생각과 감정이 저절로 풀리게 그냥 두세요.

생각을 굴리지 않겠다는 다짐

유일한 답은 명상입니다. 명상은 생각에서 벗어난 겁니다. 생각에서 어떻게 벗어납니까? 생각하고 있다는 것을 알면 생각이 놓아집니다. 무슨 생각을 하고 있는지 모르니까 무슨 말을 하고 있는지, 무슨 행동을 하고 있는지 모르는 거죠. 습관적으로 사는 거죠.

생각을 다루는 게 명상의 핵심입니다. 생각을 알아차리지 못해서 무심코 말과 행동을 하게 됩니다. 명상은 생각을 굴리지 않겠다는 다짐입니다. 생각 없이 보고 듣고 느끼고 비어 있는 마음으로 세상과 타인을 대하는 겁니다.

깨달음을 꿈꾸지 말고 깨달음으로 살아요. 깨달음도 꿈이에요. 꿈을 깨요. 가는 길이 목적지입니다. 이미 가고 있어요. 가고 있는 것을 누리세요. 가고 있는 것이 전부라는 것을 알면 엄청난 부담이 없어져요. 삶 자체가 기쁨이며 해탈입니다.

마음이 만드는 모든 전략을 알아보고 버리세요. 그저 현존하세요. 알아차림만 고집하세요. 좋은 것도 나쁜 것도 알아차림으로 동등합니다. 알아차림만이 진정한 행복이며 더 깨어 있을수록 더 행복합니다.

무슨 일이 있어도

누가 뭐라고 해도

좋든 나쁘든

그것으로 무엇을 만들지 않으면

아무 문제나 집착이

생기지 않아요.

반응하는 마음만

잠시 쉴 수 있으면

무슨 말을 해야 할지

무슨 행동을 해야 할지

저절로 알게 돼요.

모든 경우에

무엇을 해야 한다는

마음을 접으면

자연스럽게

바르게

할 것을 다 해요.

항상 문제는 생각이에요. 생각이 사실이 아니라는 것을 알면 돼요. 너무 단순하지만 습관 때문에 자꾸 까먹어요. 자꾸 생각에 속아서 생각과 엉켜요. 망상을 만들어서 고통이 생겨요.

내 것이 되기 전에 생각은 아무 현실도 힘도 없어요. 상호 작용 없이 알아차리기만 하면 생각에는 아무 현실이 없어요. 명상의 진수는 생각과 어울리지 않는 겁니다.

구하지 않는 마음이 행복

무엇을 구하지 마세요. 구하는 마음이 고통입니다. 구하지 않는 마음이 행복입니다.

삶에서 늘 부족하고 무엇을 찾고 있어요. 부족함이 없는, 늘 평화롭고 지혜로운 참본성을 부인합니다. 무엇을 하면 무엇이 되면 행복할 줄 아는데 구하는 마음을 멈출 때 진정한 행복이 있어요. 수행을 만나기 전에는 돈과 명예를 구했고 수행을 만나고 나서는 특별한 수행과 특별한 마음의 경지를 찾고 있어요.

좌선할 때 구하는 마음으로 앉으면 마음이 초조합니다. 일체 바라는 것 없이 그냥 앉을 수 있으면 마음이 저절로 평화롭고 깨어 있는 게 수월합니다.

구하지 않는 게 수행의 핵심입니다. 멈춤 속에 행복이 있어요. 버림 속에 지혜가 있어요. 평생 행복을 찾아다녔는데 찾지 못했어요. 부족함이 없는 줄 알면 부족함이 없어요. 더 이상 구하지 않으면 사는 재미와 기쁨이 저절로 드러나요. 남은 인생 덤으로 살고 모든 게 은혜입니다.

자신을 다시 정의하세요

행복과 수행의 큰 장애는 자괴감입니다. 자괴감이 일어나는 것은 어쩔 수 없지만 따라가게 되면 불필요하게 우울해요. 일시적인 허물로 자신을 정의하면 안 됩니다. 본성인 무한한 지혜와 자비와 가능성으로 자신을 정의하세요. 여기에 흔들리지 않는 자부심을 가지세요. 참본성을 늘 인정하는 게 금강자부심(vajra pride)이라고 합니다. 자괴심이 일어나도 마음을 팔지 마세요. 자신이 아닙니다.

수행은 허물을 없애는 게 아니라 친절하게 알아보는 겁니다. 허물이 있는데도 불구하고 자비롭게 지혜롭게 행합니다. 생각을 놓으면 얼마든지 친절하게 현명하게 행할 수 있어요. 본성의 평화와 언제나 함께할 수 있어요.

다른 사람에게 힘과 도움이 되기 위해 자괴감에 빠질 여유가 없어요. 행복하기 위해, 수행을 잘하기 위해 자괴감에 마음을 팔면 안 됩니다. 우리는 한없이 부족해요. 동시에 한없이 훌륭해요. 한없이 부족한 사람은 자기가 아니고 에고입니다. 한없이 훌륭한 사람은 자기예요. 에고의 편을 갖지 말고 참본성의 편으로 오세요.

규칙적인 생활이 건강하고, 충만한 삶을 살 수 있는 비결입니다. 하루를 사는 대로 한 삶을 살게 됩니다. 위대한 스승들은 하루 일과를 엄격하게 지키셨습니다. 특히 하루를 시작하는 루틴과 하루를 끝내는 루틴이 결정적입니다.

우리의 수행은 자비와 알아차림입니다. 매일 하는 습관이 결국 큰 변화를 가져옵니다. 오늘도 10분 명상, 내일도 10분 명상, 매일 10분 명상! 아무것도 아닌 것 같지만 큰 변화의 계기가 됩니다.

마음을 비울수록
더 잘 비울 수 있고
더 오래 비울 수 있고
더 자주 비울 수 있어요.
마음을 비운다는 게
생각을 비운다는 겁니다.
생각을 놓은 자리에
평화롭고 자유롭고 지혜로운
알아차림이 있어요.
마음을 비우는 거 말고는
할 게 없어요.

집착을 버리고 참본성을 알아 가는 것

몸이 죽을 때 에고도 같이 죽어요. 에고는 형태(나타나는 것)를 집착하는 것이기 때문입니다. 몸이 자기인 줄 알고 이름이 자기인 줄 알고 감정이 자기인 줄 알아요. 자기인 줄 아는 모든 것이 없어지기 때문에 엄청 공포스럽고 고통스러워요.

미리 죽으면 죽지 않아요. 자기라고 생각하는 모든 재산과 이름과 인연에 대한 집착을 버리면 죽음을 평화롭게 자신 있게 맞이할 수 있어요. 몸을 집착하는 만큼, 재산을 집착하는 만큼, 명예를 집착하는 만큼, 친척과 친구를 집착하는 만큼, 바로 그만큼 죽음이 고통스러워요.

이생을 위해 사는 것은 헛된 삶입니다. 죽음이라는 도둑이 모든 것을 훔쳐 가기 때문입니다. 이생에 대한 집착을 닦는 것이 수행의 핵심입니다. 자기라고 생각하는 모든 것이 덧없고 실체가 없다는 본질을 깨우치는 겁니다. 무색수상행식('나'가 없다) 무안이비설신(현상도 없다), 이것을 깨우쳐야 합니다.

죽음은 세상에서 가장 밝은 빛입니다. 에고가 두려워하는, 에고가 감당하기 어려워하는 참본성의 찬란한 빛입니다. 자기라고 생각하는 모든 것에 대한 집착이 없을 때 드러나는 눈부신 사랑의 빛입니다.

나는 아무것도 아니다

나를 아는가?

나는 아무것도 아니다.

나는 육체가 아니다. 죽고 말 것은 나가 아니다.

나를 아는가?

나는 부모, 자식, 형제, 친구가 아니다. 의사, 변호사, 스님, 교사가 아니다.

나는 아무도 아니다.

나를 아는가?

이름과 재산, 즐거움과 괴로움, 나가 아니다.

나를 아는가?

형태가 있는 것은 나가 아니다.

움직임이 있는 것은 나가 아니다.

오고 가는 것은 나가 아니다.

시작과 끝이 있는 것은 나가 아니다.

나를 아는가?

나는 아무도 아니다.

나는 아무것도 아니다.

나라고 생각하는 모든 것을 내려놓고 마음을 고요히 하여라.

아무도 아닌, 아무것도 아닌 존재와 함께하여라.

내맡김

나의 주요 수행은 내맡김이다.

내맡김은 에고의 온전한 굴복(surrender)이다.

비어 있는 마음을 유지하는 것이다.

마음으로 아무것도 안 하는 것이다.

아무것도 안 하는 것이 명상이다.

내맡기면 알 것을 아는 바 없이 알고 할 것을 하는 바 없이 한다.

알아야 할 것을 알아야 할 때 알고, 해야 할 것을 해야 할 때 한다.

너무 애쓰지 말자.

내맡김! 가장 빠르고 가장 수승한 길이다.

릴렉스가 뭡니까?

명상의 요점이 릴렉스입니다.

릴렉스가 뭡니까?

긴장을 푸는 겁니다.

분노를 푸는 겁니다.

불안을 푸는 겁니다.

생각을 푸는 겁니다.

긴장과 감정과 생각을 어떻게 풉니까?

허용하는 겁니다.

긴장이 있어도 되는 겁니다.

슬퍼도 괜찮은 겁니다.

화가 나면 분노의 에너지를 허용합니다. 저절로 풀리게 마음을 편안하게 가집니다. 긴장을 없애는 것이 아닙니다. 감정과 생각을 없애는 것이 아닙니다. 얼마든지 있어도 되는 겁니다. 구체적으로 명상의 진수는 생각을 푸는 겁니다. 생각과 꼬이는 것이 업입니다. 생각을 풀 줄 알면 업을 만들지 않고 언제나 아무 고통이 생기지 않아요. 생각이 풀린 자리에 지혜가 있어요. 생각을 푸는 방법을 이해하고 자신의 경험으로 알고 연습하세요. 티베트의 위대한 수행자들은 생각을 풀 줄 알아서 깨달음을 얻었어요. 코가 막혀 있으면 코를 풀고 마음이 막혀 있으면 생각을 푸세요.

앉을 때 그냥 앉으세요

앉을 때 그냥 앉으세요.

알아차림 있어도 없어도 큰 상관하지 마세요.

알아차림도 너무 집착하면 마음이 초조해요.

있어도 없어도 되면 알아차림이 찾아옵니다.

자신에게 한없이 친절하세요.

앉는 것이 부담이 없습니다.

걸림이 없습니다.

모든 것을 허용하세요.

현상에 개의치 말고

현상을 비춰 주는

공한 자각에 쉬세요.

온전히 만족하며 앉으세요.

일체 기대를 버리세요.

이 순간에 온전히 내맡겨 보세요.

얻을 것도 잃을 것도 없습니다.

하늘처럼 완전히 열려 있고

허공처럼 완전히 비어 있습니다.

알아차림이 저절로

노력 없이 일어납니다.

애쓰면 참선이 아니에요.

가짜 '나'를 벗어나 '참나'를 알아 가는 것

생각으로 자신을 계속 구체화해서 자아가 굳어지고 만들어졌어요. 일시적인 자아를 영구적인 자아로, 상호 의존적인 자아를 독립적인 자아로, 없는 자아를 있는 자아로 착각해서 자신을 견고하게 만들고 집착합니다. 자아는 생각으로 만들어진 마음의 습관일 뿐입니다.

자아를 해체하는 게 수행의 진수입니다. '나'라고 하는 모든 생각을 버리는 겁니다. 자신은 이러지도 저러지도 않아요. 좋지도 나쁘지도 않아요. 머리로 이해할 수 없고 말로 표현할 수 없어요. 자신을 모른 체 자신에게 집착합니다. 관념으로 정의하는 자신에 대한 모든 생각을 버리면 자신을 알 겁니다.

정체성이 있는 것은 당연하지만 집착하면 고통이 됩니다. 머리로 알 수 없고 허공처럼 자유롭고 생각을 벗어난 평화로운 현존과 함께하세요. 가짜 '나'를 벗어나 '참나'를 알아 가는 게 명상입니다.

그냥 살아요

생각할 게 없는데

생각을 해서

고통받고

고민할 게 없는데

고민을 해서

고통받아요.

어떤 경우에도

생각을 굴리지 않고

마음을 열어 놓고

기다려 봅니다.

오직 모를 뿐!

오직 할 뿐!

수행은 매우 매우 매우 단순해요.

생각을 굴리지 않는 거예요.

수행은 매우 매우 매우 어려워요.

생각을 굴리기 때문이죠.

온전히 항상 마음을 열어 놓고

알 수 없는 삶에

몰라도 되는 마음

즉 '?'를 유지하세요.

생각을 보류하세요

명상은 생각을 보류하는 겁니다. 생각에서 벗어나는 게, 생각이 저절로 풀리게 하는 게 보류의 의미입니다. 생각에 대해서 알아 둘 몇 가지를 소개합니다.

* 우리는 우리의 생각이 아닙니다. 내 것으로 받아들이지 않으면 아무 문제가 되지 않아요.
* 습관적인 생각은 이분법적인 생각이며 어떻게 표현하든 그렇지 않습니다. 사실이 아닙니다.
* 생각이 나쁜 게 아니라 생각에 집착하는 게 나쁜 겁니다.
* 생각이 문제가 아니라 생각과의 관계가 문제입니다. 동일시하지 않고 객관적으로 바라보는 것이 명상이며 생각이 해가 되지 않게 친절하게 관계를 맺는 것입니다.
* 공부할 때나 계획할 때 생각을 꼭 해야 하지만 습관적으로 굴리는 생각은 해가 됩니다.
* 생각을 믿고 따라가서, 생각에 속아서 모든 고통이 있는 겁니다.
* 생각을 없애려고 하면 생각이 더 세게 더 많이 올라와요. 마음을 통제하려고 하면 반항을 합니다.
* 습관적인 생각에 중요성을 두지 않는 게, 생각을 그냥

두는 게, 생각을 알아차림 속에 저절로 풀리게 하는 게 명상의 진수입니다.

* 생각으로부터 해탈하는 것이 진정한 해탈이며 생각으로부터 자유로운 것이 진정한 자유입니다.
* 생각에 끌려가는 만큼 마음의 힘이 없는 것이고 생각으로부터 벗어날 수 있는 만큼 마음의 힘이 있는 겁니다.
* 생각에서 벗어난 마음자리가 평화이며 자유이며 지혜입니다.
* 생각이 보이면 생각과 분리된 상태이며 생각에 빠져 있으면 생각이 보이지 않아요. 알아차림과 산란함의 차이를 분명히 알아야 합니다.
* 처음에는 생각에 빠져 있다가 알아차림이 돌아오고 결국은 알아차림 속에 생각이 일어납니다.
* 습관적인 생각의 목적은 자신을 괴롭히는 것일 뿐입니다.
* 습관적인 생각은 전혀 중요하지 않고 생각의 공한 본질을 깨우치는 게 중요합니다.
* 생각으로 모든 것을 실체화해서 윤회가 있고 고통이 있는 겁니다.

* 알아차림의 힘을 키우면 생각의 힘이 약해집니다.

생각을 다루는 게 가장 중요합니다. 생각을 보류할 줄 아는 기법과 힘이 가장 핵심적이고 결정적입니다. 이것을 배우고 연습하십시오.

따뜻하게, 친절하게

다르게 사는 것이 수행입니다. 똑같이 반응하는 것이 업이고 다르게 반응하는 것이 수행입니다.

똑같이 생각하고 말하고 행하는 것은 업이고 다르게 생각하고 말하고 행하는 것이 수행입니다.

알아차림은 선택권입니다. 똑같이 반응하지 않고 다르게 반응할 수 있어요. 따뜻하게 친절하게 지혜롭게 자비롭게 반응할 수 있어요. 여기서 마음이 변해요.

알아차리면 생각이 놓아집니다

수행의 핵심은 내려놓는 것입니다.

무엇을 내려놓는 겁니까?

생각을 내려놓는 겁니다.

생각을 어떻게 내려놓는 겁니까?

생각을 알아차리면 생각이 놓아집니다. 생각하고 있다는 것을 아는 것, 생각이 보이는 것이 알아차림입니다.

생각이 놓아지면 생각이 유익한지 유익하지 않은지 아니면 중립적인 생각인지 구별하게 돼요. 통찰의 생각과 자비로운 생각은 받아들여지고 망상과 아집의 생각은 주의하게 돼요.

모든 생각을 똑같이 알아차리면 유익한 생각을 갖게 되고 유익하지 못한 생각을 버리게 됩니다. 유익한 생각은 집착을 만들지 않고 공덕이 됩니다. 궁극적으로는 모든 생각의 본질은 똑같이 공하지만 상대적으로는 구별할 필요가 있어요.

어떤 생각이든 생각을 대하는 방식은 똑같아요. 알아차림입니다. 생각을 놓은 자리에 지혜가 있어요!

유일한 답은 알아차림

색즉시공에서 공이 빠지면 모든 고통이 있는 겁니다. 오래 수행한 사람도 어려움을 겪으면 매달리고 일반 사람하고 다를 바가 없어요. 수행의 핵심을 놓치고 수행자의 상만 집착하는 사람들이 많아요.

하루라도 산란하지 않고 깨어 있을 수 있다면 엄청난 업장 소멸과 공덕 자량이 됩니다. 이와 같이 매일 알아차림에 전념할 수 있다면 빠른 시일 안에 마음의 큰 변화가 있을 것이고 어려움이 있어도 쉽게 넘길 수 있어요. 집착이 놓아지고 번뇌의 힘이 약해져요. 자기만 생각하는 마음도 줄어들고 생각의 힘이 약해져요.

공으로 가는 길은 색을 알아차리는 거예요. 나타나는 현상을 감당할 수 있으면 공을 알게 돼요. 지혜로 가는 길은 사마타라는 겁니다. 윤회는 나타나는 현상에 빠져 있는 것이고 열반은 나타나는 현상을 비춰 주는 마음과 함께하는 겁니다.

유일한 답은 알아차림입니다. 이것으로 충분하며 이것을 길러야 합니다. 알아차림으로 마음을 향하게 하고 알아차림에 헌신하세요. 어떤 것도 감당할 수 있는 마음의 여유를 찾으세요. 따라서 매일 하는 좌선 시간과 집중 수행이 정말 중요합니다.

마음이 불안할 때

마음이 불안하고 우울하고 산란해서 미칠 것 같아요? 이런 감정들에 대해 알아 둘 몇 가지를 소개합니다.

* 자신의 업입니다. 해결하지 않으면 무의식의 작동으로 계속 영향을 미쳐요. 빚을 받으러 오는 사람처럼 찾아와요.
* 외면하면 나 자신보다 더 크게 느껴지지만 직면하면 내가 더 크다는 것을 체험으로 알게 돼요.
* 직면하면 위험하고 죽을 것 같은 마음은 망상입니다. 직면해 보면 불편하지만 위험하지 않다는 것을 체험으로 알게 돼요.
* 직면해도 외면해도 어차피 불안해요. 직면하면 불쾌하더라도 치유가 돼요.
* 외면하는 것은 자신에게 불친절한 행동입니다. 몸의 상처도 마음의 상처도 신경을 써야 치유가 됩니다.
* 알아차림은 감정이 있는 그대로 존재할 수 있게 공간을 주는 겁니다. 몸과 함께 릴렉스를 하면 저항이 없기 때문에 감정을 받아들일 수 있게 되며 생생하게 느낄 수 있어요.
* 알아차리기 벅찰 때는 안 해도 돼요. 하기 싫고 저항하는 마음도 인정해야죠.

알아차림

알아차림은 마음이 여기 이 순간에 있는 것을 의미합니다. 알아차림에 대한 10가지를 소개합니다.

1. 이 순간을 놓치면 삶을 놓치는 겁니다.
2. 우리에게 가장 필요한 것이 본성의 충만한 에너지 즉 삼매의 힘입니다.
3. 알아차림 자체가 행복이며 산란함 자체가 불행입니다.
4. 생각에서 깨어나는 것이 알아차림이며 생각을 굴리는 것이 산란함입니다.
5. 큰 보시를 하는 공덕보다 차 한 잔 마시는 짧은 시간이라도 알아차린다면 그 공덕이 더 크다고 합니다.
6. 알아차림이 있어야지 다른 사람과 상황을 명확하게 보고 이해할 수 있어요. 통찰의 관문입니다.
7. 알아차릴수록 자신에 대한 강박이 약해지며 다른 사람에 대한 자비심이 저절로 생겨요. 자비의 관문입니다.
8. 처음에는 현상을 알아차리고(사마타) 결국 현상의 공한 본질을 알아차리게 됩니다(위빠사나).
9. 알아차림의 힘을 키우면 주체 객체 행위, 삼륜을 벗어난 순수 알아차림으로 이어집니다.
10. 순수 알아차림은 본질적으로 공하며 본성적으로 알아요.

생각을 붙잡으면, 생각을 해체하면

생각을 다루는 것이 수행의 핵심입니다. 모든 고통을 만드는 '나'를 집착하는 마음의 습관이 생각으로 만들어지기 때문입니다. 생각을 알아차림 속에 있는 그대로 홀로 두면 붙잡는 주체가 없어서 저절로 풀립니다. 생각을 붙잡으면 주체 객체가 생겨서 '나'를 더 견고하고 분명하게 만듭니다. 생각을 해체하면 '나'도 해체되어서 '나'도 바깥세상도 부드러워집니다.

생각은 어디에도 있지 않고 어디에서도 오지 않고 어디로 가지 않아요. 생각이 일어나는 대로 홀로 두면 생각의 공한 본질을 체험하여 형태가 없는 자각으로 이어져요.

말로 표현할 수 없고 머리로 알 수 없는 공한 자각을 체험하고 유지하는 것이 수행의 진수입니다. 그냥 공하지 않고 충만하고 지혜 그 자체입니다.

불이자각과 주체와 객체가 없는 알아차림에 익숙해지면 보이는 게 많아요. 무엇보다도 자신의 업이 보여서 업으로부터 자유로워져요.

명상의 힘

잠을 너무 많이 자는 습관이 있으세요? 밥을 너무 많이 먹는 습관이 있으세요? TV 앞에서 멍 때리는 습관이 있으세요? 맨날 지각하는 습관이 있으세요?

이런 안 좋은 습관으로부터 벗어나려고 노력을 많이 했는데도 잘 해결되지 않는 이유는 습관의 원인을 알아내지 못해서입니다. 깊은 통찰로 아픔을 드러내면 해결이 됩니다. 알아차림의 기능은 치유입니다. 고통을 알게 되면 고통으로부터 벗어나게 됩니다.

모든 습관은 몸에 기록되어 있기 때문에 조건이 갖춰지면 몸이 저절로 반응해요. 그때 자신에게 친절해야 합니다. 보통은 습관에 빠지거나 습관과 싸웁니다. 둘 다 좋은 방법이 아니며 습관을 강화시켜요.

친절과 알아차림이 필요해요. 윤리의 문제가 아니라 무지의 문제예요. 사람은 본래 도덕적이에요. 어떻게 보면 사람의 유일한 죄는 모르는 거예요. 내면을 깊이 들여다보려면 마음의 여유가 있어야 해요. 명상의 힘이 있어야 해요.

이제 자신을 그만 때리세요. 나쁜 습관의 원인을 알아내기 위해 시간이 필요해요. 자신을 위한 사랑과 인내심이 필요해요. 시간과 알아차림, 그리고 친절, 여기에 치유가 있어요.

명상의 진수

업이란 무엇일까요? 습관적인 마음에서 일어나는 생각일 뿐이에요. 어떤 조건에 의해서 일어나요. 습관의 힘으로 이어 가요.

예를 들면 갈등이 있는 사람을 생각하면 미움의 생각이 일어나요. 생각을 이어 가면 미움의 업을 강화시켜요.

업장 소멸의 방법은 알아차림입니다. 알아차림이 있으면 생각과 분리돼요. 생각을 굴리는 것과 생각을 알아차리는 것에 차이를 분명히 알아야 해요. 둘이 완전 달라요. 상호 배타적이에요.

알아차림이 없으면 무심코 생각을 이어 가요. 알아차림이 있으면 생각을 객관적으로 볼 수 있어요. 그러면 생각이 힘이 없어서 놓아져요. 알아차림 안에 생각이 놓아지면 업이 약해져요. 다음에 미움이 올라올 때 조금 더 약하게 올라와요.

생각을 알아차리는 것이 명상의 진수예요. 업장을 소멸하고 마음에 더 많은 평화와 안정감을 갖게 합니다.

이게 알아차림입니다

알아차림이 뭘까요?

화가 날 때 당황하지 않고

슬플 때 괜찮고

불안할 때 상관없고

피곤할 때 개의치 않고

즐거울 때 집착하지 않고

아파도 문제가 되지 않는

이게 알아차림입니다!

모든 감정 구름에 여유를 주는 하늘입니다.

참본성

나이 성별 지위 재산 외모 학력은 우리의 가치와 상관이 없다는 것이 불교의 메시지입니다. 불교는 자신의 무한한 가치를 알아보고 알게 되는 것입니다. 참본성을 알게 되면 부끄러운 게 없어져요. 열등감이 없어져요. 참본성 말고는 그 어떤 것도 자신의 가치를 정의할 수 없어요.

많이 달라져서 가치가 있는 게 아니라, 인정을 받아서 가치가 있는 게 아니라, 그냥 가치가 있어요. 부족한 게 문제가 아니라 가치를 못 알아보는 게 문제입니다.

가치가 없다는, 부족하다는 확신 같은 깊은 신념이 있어요. 이것을 버리는 게 수행입니다. 시간이 좀 걸리지만 할 수 있어요.

불교의 메시지는 희망적입니다. 아무리 업이 두꺼워도 닦을 수 있어요. 아무리 고통이 많아도 영원하지 않아요. 아집과 번뇌는 자신이 아닙니다.

"어둠 속에 있을 때 조금만 기다려라. 여명이 밝아 온다."

-루미

나는 누구인가?

수행의 핵심이 뭡니까? 우리의 참본성, 지혜입니다.

지혜를 어떻게 수행합니까? 마음이 붙잡는 게 없으면 지혜가 일어나요. 저절로 끊임없이 일어나요.

생각하는 마음은 결코 지혜를 알 수 없어요. 지혜는 스스로 일어나고 스스로 알아요. 등불처럼 스스로 밝히고 허공처럼 비어 있어요. 알 수는 없지만 경험은 할 수 있어요.

배우는 것을 엄청 좋아하면서 핵심을 놓쳐요. 언젠간 배운 모든 것을 버려야 해요.

형태(지식)를 집착해서 본질(지혜)을 놓치지 마세요. 배우는 것보다 익히는 것을 하세요.

나는 누구인가? 이것을 찾아내세요.

공성에 자부심을 가져요

불성에 자부심을 가져요. 당신은 지금 그리고 항상 부족함이 없고 원만해요. 무한한 가능성, 내면의 신성함을 항상 인정해요. 절대 몸을 비하하지 말아요. 영성의 집이기 때문이에요. 결코 자신을 비하하지 말아요. 당신이 부처님이기 때문이에요. 언제나 빛나는 참본성, 결코 잊지 마세요.

공성에 자부심을 가져요. 실제로 있는 고통은 없어요. 마음이 만드는 고통밖에 없어요. 생각과 감정의 공한 본질에 자부심을 가져요. 마음의 놀이일 뿐, 일시적인 환영일 뿐이라는 것을 알아요. 그것으로 뭘 만들지 말아요. 그냥 그대로 둬요. 항상 공성에 자부심을 가져서 고통을 오래가는 것으로, 딱딱한 현실로 만들지 마세요.

마음이 괴로울 때

강하지 않아도 돼요.

강하지 않아도 되는 것이 힘입니다.

수행자가 되지 않아도 돼요.

수행조차도 집착하면 좋지 않아요.

진정한 수행자는 수행자라는 상(相)이 없어요.

마음이 너무 괴로울 때 수행으로 삼기가 벅차면 명상하지 마세요.

수행으로 삼을 수 없다는 것도 인정해야죠.

활동적으로 시간을 보내고 누구하고 얘기를 하거나 상담을 할 수 있는 것도 좋아요.

마음이 약할 때는 기운도 없고 쉽게 짜증이 나고 우울하고 사소한 것으로 화가 나요.

이것은 자신의 참모습이 아니라 아픈 마음의 일시적인 표현입니다.

몸이나 마음이 약할 때 번뇌가 강하다고 합니다. 그저 인정하고 자신에게 친절하세요. 그리고 기다려 보세요. 시간이 정말 약입니다.

슬픔과 싸우지 마세요

부처님의 법을 만나서 세속의 허망함을 알게 되면 우울해질 수 있어요. 욕망으로 살아온 과거의 삶으로 돌아갈 수 없고 앞으로 수행의 길이 불확실해서 존재함의 위기를 경험할 수 있어요. 세속 사람들과 잘 안 맞고 재미도 즐거움도 예전 같지 않아요. 동시에 수행력이 아직 부족해서 삶을 수행으로 삼기는 벅차요.

어디 들어가서 수행하고 싶은데 시간이 점점 다하고 있고 기회를 놓치고 있는 기분입니다. 자신이 이상한가 의심하면서 잔잔한 우울감, 조용한 절망이 있는 거예요. 해 뜨기 전에 어두운 것처럼 수행의 어두운 과정이 온 겁니다. 지금 경험하는 것이 출리심이며 잘 받아들이면 새날이 와요.

의기소침한 것은 당연한 거예요. 욕망을 부리고 미친 듯이 사는 것은 세속의 허망함을 모르기 때문입니다. 알게 되면 그렇게 살 수 없죠. 자신이 이상한 게 아니라 세상이 이상해요.

밝은 날들이 많이 남았어요. 수행을 만나서 다행이에요. 마음을 편안하게 가지고 걱정하지 마요. 몸과 마음을 잘 보살피고 슬픔과 싸우지 마세요. 슬픔을 잘 알아차리면 감미로워져요. 멀쩡한 우울, 달콤한 슬픔. 이것이 출리심이에요.

수행의 길을 방해하는 8가지

* 어리석은 사람과 친하게 지내는 것: 어리석은 사람에게 도움을 주기 어렵고 그들도 우리에게 도움이 되지 못하고 서로에게 해가 됩니다. 모르는 사람처럼 친절하게 대하고 너무 가까이 지내지 마세요.
* 다른 사람의 말을 듣는 것: 부모나 친척이나 친구의 말을 듣고 따르면 업만 쌓고 고생만 해요. 엉뚱한 조언을 무심코 따르지 말고 스스로 잘 생각하세요. 지혜로운 조언을 주는 사람은 많이 없어요. 스스로 생각하는 것을 배우세요.
* 세속 일에 너무 신경 쓰는 것: 수행 말고는 의미 있는 일이 별로 없어요. 일에 신경 쓰지 말고 선한 동기와 깨어 있는 마음에 신경 쓰세요. 일에 너무 애쓰지 말고 알아차림에 애를 쓰세요. 선한 동기를 놓치지 않으면 힘도 있고 일도 잘 풀리지요. 마음의 방향이 중요해요.
* 남이 성공할 수 있게 도와주는 것: 대학 나오고 돈 벌고 가정을 꾸리는 데 도움을 주는 것은 일시적인 도움이에요. 진정한 행복에는 전혀 도움이 되지 않아요. 해탈하게 도와줘야 하는데 우리는 윤회로 더 깊이 빠지게 도와줘요. 아예 도와주지 말라는 것은 아니지만 선한 마음을 강조하고 부처님의 법과 인연 맺을 수 있기

를 기도하세요. 인간다운 인간이 되게 도와주세요. 진정한 행복은 오직 마음공부로 찾을 수 있어요.

* 인정받기 위해 노력하는 것: 다른 사람의 사랑과 인정을 받기 위해 열심히 사는 것은 부질없어요. 명예를 열망해서 야심으로 열심히 사는 것은 시간 낭비예요. 명예를 가져도 행복하지 못하고 명예롭지 못한 것을 엄청 두려워해요. 인정과 명예가 주는 행복은 결국 고통으로 변해요. 명예의 독 같은 본질을 모르고 추구하는 것은 어리석어요. 수행을 한다고 하는 사람들도 명예를 위해서 사는 사람들이 많아요. 우리나라 사람들은 부질없는 명예에 미쳤어요. (저도 예외가 아닙니다.)
* 남의 일에 간섭하는 것: 괜히 남의 일에 껴서 불필요한 고통을 가져와요. 오지랖은 자비심이 아닙니다. 자기 일이나 제대로 하세요.
* 무리한 자비심: 한계를 넘으면 자비가 아니라 무리입니다. 사실은 다른 사람에게 크게 도움이 되지 못해요. 자신을 잘 돌보세요. 이것은 남에게도 도움이 돼요.
* 위에 있는 사람에게 순종하는 것: 우리나라에 노예제도가 없어졌지만 누구의 노예로 사는 사람들이 많아요. 자유가 없고 엉뚱한 의리로 매달려 있어요. 위에

있는 사람들을 행복하게 하기 위해 없는 말과 싫은 행동을 계속하면 한이 쌓이고 좋은 결과가 없어요. 수행을 방해하는 인연입니다.

그 누구도 우리의 수행을 방해하게 하면 안 됩니다. 지혜가 없어서 수행에 방해되는 것에 너무 많은 시간과 마음을 뺏겨요. 부처님의 제자라면 세속 사람들과 달리 살아야 해요. 우리 좀 똑똑하게 살아요.

명상은

명상은 답을 찾는 게 아니라 의문을 버리는 거예요.

삶을 더 잘 살기 위해서 명상하는 게 아니라 삶의 거짓을 꿰뚫어 보기 위해 명상합니다.

명상은 자기 계발이 아니라 자기 해체입니다.

괴로움을 없애는 게 아니라 왜 괴로운지 알게 되는 겁니다.

허물을 없애는 게 아니라 허물을 인정하는 겁니다.

바꾸는 게 아니라 깨어나는 겁니다.

하는 것보다 존재하는 겁니다.

통제하는 것보다 있는 그대로 두는 겁니다.

행복을 찾는 게 아니라 행복을 가로막고 있는 모든 장애를 찾는 겁니다.

바람과 두려움

명상의 장애, 인간관계의 장애, 삶의 장애는 2가지로 정리할 수 있어요. 바람과 두려움(hope and fear)입니다. 좋은 것을 바라고 나쁜 것을 두려워하는 엄청난 집착이 있어요. 명상에서는 평화와 명료함과 고요함을 바랍니다. 잘못하고 있을까 봐, 뒤로 가고 있을까 봐 두려워합니다. 명상에 대해 늘 기대하고 걱정하는 마음을 잘 알아차리고 그냥 하는 게 명상의 비결입니다.

인간관계에서는 안정감을 바라고 상실을 두려워합니다. 바람과 두려움을 버려서 사랑과 신뢰로 연결해야 합니다. 인간관계는 애정의 연결감을 갖는 거예요.

삶에서는 이익과 즐거움을 가지려고, 손해와 고통을 피하려고 하는 강박이 있어요. 바람과 두려움에 사로잡혀 있어서 한순간의 평화도 못 느껴요.

TV 드라마를 보는 것은 재밌지만 우리 삶의 드라마는 재미가 없어요. 드라마에서는 밀당이(바람과 두려움) 있어야 재미있지만 우리 삶에서는 밀당이 없어야 재미있어요!

바람과 두려움으로부터 벗어난 마음이 가장 높은 행복입니다. 깊은 안정감과 충만함입니다. 자신의 바람과 두려움을 알아보면 바람과 두려움으로부터 벗어납니다. 이것이 명상입니다.

명상은 공간을 주는 것

명상은 공간을 주는 겁니다. 자신의 불안과 아픔과 슬픔과 게으름과 분노와 모든 업에게 공간을 주는 겁니다. 없애는 게 아니라, 통제하는 게 아니라, 일어나고 가라앉을 수 있는 공간을 주는 겁니다. 이렇게 함으로써 업이 저절로 소멸됩니다. 공간 속에서 자신을 알고 사랑할 수 있어요.

다른 사람도 존재할 수 있게, 자기표현을 할 수 있게, 화를 낼 수 있게 공간을 주세요. 바른 생각과 말과 행동을 할 수 있는 여유가 생겨요. 공간 속에서 진정한 이해와 소통과 애정을 나눌 수 있어요. 공간 속에 평화와 자유와 힘과 자비와 지혜가 있어요.

멈추는 게 명상입니다

스톱!

궁금해하는 것을 멈추세요. 알아서 뭐 하게요. 알아야 되는 마음을 버리세요. 그럼 궁금할 게 없어요.

스톱!

판단하는 마음을 멈추세요. 판단을 제대로 하는 것도 아닙니다. 판단을 해서 뭐가 좋아요. 판사가 아니면 판단을 안 해도 돼요. 정확히 알 수 없다는 것을 인정하세요.

스톱!

비판하는 마음을 멈추세요. 다른 사람의 허물을 제대로 볼 수 있는 것도 아니에요. 남에게 보이는 허물이 자기한테 있는지 확인하세요.

스톱!

자기만 생각하는 마음을 멈추세요. 자신에 대한 지나친 관심을 버리세요. 다른 사람을 좀 생각해 보세요. 타인을 생각할수록 자신에 대한 집착이 줄어들어요.

스톱!

찾고 있는 마음을 멈추세요. 허망한 욕망을 버리세요. 평생 욕망을 부렸지만 이룬 것이 뭐가 있어요.

오늘 하루 '스톱'이라는 화두로 살아 보세요. 마음 깊이 간직하세요.

* 보시는 가슴을 활짝 여는 겁니다.

* 지계는 생각에 끌려가지 않는 겁니다.

* 인욕은 어떤 경우에도 알아차림을 고집하는 겁니다.

* 정진은 한순간도 산란하지 않는 겁니다.

* 선정은 조작 없이 행위 없이 그저 깨어 있는 겁니다.

* 지혜는 형태 없는 알아차림에 쉬는 겁니다.

마음을 쉴 때

우리가 원하는 마음의 평화와 자유는 언제나 가능해요.

기분이 항상 좋을 수는 없지만 안심과 해방은 언제나 가능해요.

마음을 쉴 때 알아차림이 저절로 드러나요.

생각을 버릴 때 참본성의 자유와 평화가 저절로 드러나요.

저항이 없는 마음의 상태를 알아보고 익숙해질 뿐이에요.

그럼 편안하고 안정적인 삶을 항상 누릴 수 있어요.

우리의 본성은 이미 자유롭고 평화로워요.

매 순간 가능해요!

비어 있는 마음

모든 상황에서 항상 의지할 수 있는 게 하나 있어요. 결코 실망시키지 않아요. 삼보의 진수이며 참된 귀의처예요. 이거 하나만 마음에 두기로 했어요. 마음에 여러 가지를 둘 필요 없이 이거 하나면 충분해요. 마음이 지극히 단순해져요. 평화가 생겨요. 기쁠 때 중용이 일어나요. 슬플 때 격려가 돼요. 분노를 가라앉혀요. 지혜가 저절로 일어나요.

이것이 뭡니까? 비어 있는 마음입니다. 생각 없는 자각입니다. 저절로 일어나는 자유로운 자연스러운 알아차림입니다. 지혜 그 자체입니다. 앎입니다. 현존감입니다. 생각에 빠져 있다가 생각에서 깨어나는 순간이 있어요. 이 순간을 알아보고 이 순간과 익숙해지는 겁니다. 최대한 이 순간과 함께하세요.

우리가 찾아야 할 유일한 것입니다. 관심을 가질 유일한 것입니다. 참고할 유일한 것입니다. 여기에 모든 것이 포함돼 있어요. 삶이 너무 단순해져요. 우리가 너무 단순해져요. 항상 평화로워요. 더 바랄 게 없어요. 모든 공덕의 원천이에요. 참본성으로 가는 통로예요. 실은 참본성 그 자체예요.

자연스러운 알아차림

알아차림은 두 종류가 있어요. 가짜 알아차림과 진짜 알아차림. 가짜 알아차림은 의도적으로 대상을 알아차리는 겁니다. 호흡 관찰 같은 것을 의미합니다.

진짜 알아차림은 저절로 일어나는 알아차림을 의미합니다. 노력이 없는, 스스로 밝히는, 대상 없는 알아차림을 의미합니다. 처음부터 진짜 알아차림을 하는 것은 어렵고 막연해요. 하지만 사실은 노력이 안 들어가기 때문에 더 쉬워요. 어렵다는 것은 미세해서 잘 잡히지 않기 때문이에요.

가짜 알아차림이 실제로 더 어렵죠. 마음이 풀리지 않고 쉽게 지쳐요. 티베트 불교 족첸 전통에서는 이런 명상을 절대 하지 않죠. 결국 우리가 배워야 할 알아차림은 애씀 없는 자연스러운 알아차림입니다.

업장을 태워 버리는,
주체 객체 행위 없는 알아차림!
진정한 알아차림,
아무것도 붙잡지 않을 때 스스로 일어나는 지혜!
기법 없는 기법,
명상하지 않는 명상!
티베트 명상의 보물!
깨달음의 지름길입니다.

깨어나는 순간

명상 오래한 친구여,

내 말 좀 들어 봐.

명상하지 않는 명상이

최고의 명상이다.

깨어나는 순간을 알아보는 것이다.

생각에 사로잡혀 있다가

생각을 하고 있다는 것을 알게 된다.

이것이 깨어나는 순간이다.

생각하고 있는 것과 깨어나는 것의 차이를 알겠는가!

생각을 통제하거나 바꾸거나 없애려고 하지 마라.

단지 생각에서 깨어나라.

깨어나는 순간을 지켜봐라.

깨어나게 되면

계속 깨어 있으려고

애쓰지 마라.

애쓰는 게 아니라

뭘 하는 게 아니라

그냥 있는 것이다.

알아차림이 이미 있는데

무엇을 더 바라겠나.

깨어나는 순간을

짧게 자주 알아봐라.

이와 같이 깨어나는 순간이

더 자주 찾아오고

점점 길어진다.

마음이 열릴 것이다.

생각의 영향이 약해진다.

의식의 전환이 일어난다.

명상 오래한 친구여.

이제 명상하지 마라.

깨어나는 그 순간

자기 얼굴을 알아봐라.

부록

용수 스님의 명상법 몇 가지를 소개합니다.

보다 많은 명상법은 유튜브에서 '용수 스님'을

검색해 함께 해 보세요.

용수 스님의 명상법

잠 명상

알아차림으로 잠드는 연습을 해 보세요.

어떤 마음으로 잠드는지가 잠의 질을 결정합니다.

잠 명상의 목적은 잠이 아니고 알아차림 즉 마음을 비우는 겁니다.

마음이 고요한 상태로 잠드는 것이 가장 이상적입니다.

잠도 잘 오죠.

자동 모드로 잠들지 말고 명상 모드로 잠드는 겁니다.

호흡이나 몸을 알아차리는 것이 좋아요.

저는 마음을 온전히 열어 놓고 그냥 릴렉스합니다.

잠 명상의 핵심은 이완(relaxation)입니다.

처음 연습할 때는 잠이 들기는커녕 오히려 깰 수 있어요.

경험이 많지 않기 때문입니다.

자꾸 하다 보면 이런 현상이 없어져요.

짧은 낮잠이든 긴 밤을 준비하는 것이든 잠 명상으로 잡니다.

잠이 오기를 바라는 마음으로 잠 명상을 하면 안 돼요.

잠이 안 와도, 와도 괜찮은 마음으로 하는 겁니다.

잠이 안 와도 명상하고 있으니까 좋아요.

자꾸 연습하면 잘하게 돼요.

죽음을 준비하는 것처럼 잠을 잘 준비해야 합니다.

가벼운 스트레칭과 정뇌호흡 같은 호흡운동을 해서 속을 편안하게 합니다.

생각을 걷어 내야지 잠이 잘 오고 푹 쉴 수 있어요.

살다 보면 기운이 위쪽으로 많이 올라와 있어요.

뇌가 피곤해요.

뇌가 우리 몸의 에너지에서 25퍼센트를 쓴다고 해요.

뇌가 피곤하면 몸도 피곤해요.

뇌를 쉬는 것이 잠 명상이에요.

제가 가이드를 해 볼게요.

가능한 허리를 반듯하게 하시고

몸의 긴장을 풀고 불편한 부위가 있으면 그 불편함을 허용하세요.

몸이 좀 불편해도 괜찮아요.

그 무엇보다도 자신에게 친절하세요.

잠 명상은 오감을 막는 것이 아닙니다.

보이는 대로, 들리는 대로, 느껴지는 대로 다 허용하는 것입니다.

하늘처럼, 허공처럼 마음을 가져 보세요.

걸림 없고 무한한 하늘처럼 마음을 쉬세요.

릴렉스는 허용입니다.

모든 것을 허용합니다.

긴장이 있어도 되고, 소리가 있어도 되고, 불편함이 있어도 됩니다.

마음을 편안하게 가져 보세요.

생각은 그냥 두세요.

생각은 중요하지 않아요.

잘 쉬지 못하면 잘 쉬지 못하는 것을 허용하세요.

자신에게 친절하세요.

다만 마음을 편안하게 가지세요.

릴렉스에 마음을 두세요.

편안하게 쉬려는 의도를 가지면 됩니다.

이제 7분 정도 스스로 잠 명상을 해 볼게요.

이제 천천히 돌아오세요.

걷기 명상

걷기 명상은 깨어 있으면서 걷는 겁니다.

걸을 때 걷고 있다는 것을 압니다.

깨어 있겠다는 의도를 가지는 것이 가장 중요합니다.

걸을 때 환경에 깨어나세요.

오감에 깨어나세요.

보이는 것과 들리는 것과 느끼는 것에 깨어나세요.

뭐가 보이는지 아는 거, 뭐가 들리는지 아는 거,

뭐가 느껴지는지 아는 거, 앎이 명상의 핵심입니다.

때로는 보이는 것에 마음을 두고 걷고,

때로는 소리에 마음을 두고 걷고,

때로는 걷는 자체에 마음을 두고 걸을 수 있어요.

몸의 움직임을 알아차려 보세요.

'무엇'을 알아차리는 게 중요한 게 아니라 '앎'이 중요합니다. 걷는 속도와 시간은 스스로 정할 수 있어요. 알아차리겠다는 의도로 걷는 것이 걷기 명상이에요. 운동도 되고 마음도 닦고 혈액순환도 잘되고 식욕도 좋아지고 뇌를 깨어나게 해서 창의성을 개발하고 가성비도 좋아요.

부처님께서 말씀하신 걷기 명상의 5가지 혜택

* 힘이 생깁니다. 기운이 살아나서 일도 명상도 잘할 수 있는 힘이 생겨요.
* 좌선할 때 혼침을 예방하고 무기(無記) 상태에 쉽게 빠지지 않을 겁니다.
* 건강이 좋아집니다. 한의학에서 하루에 만 보(8km, 1시간 40분 정도) 걸으면 건강해진다고 합니다.
* 소화가 잘됩니다. 특히 밥 먹고 걸으면 좋아요.
* 집중력이 좋아져요. 좌선할 때보다 걸을 때 마음이 산란해지기 쉽습니다. 그래서 걸을 때 잘 알아차릴 수 있다면 좌선할 때 집중이 잘됩니다. 그리고 잘 잘 수 있습니다. 걷기 명상에서 가장 중요한 것은 생각을 굴리지 않고 순간순간 마음을 비우고 알아차리는 것입니다.

옴아훔 만트라 명상

옴아훔은 모든 만트라가 들어 있는 금강 만트라(Vajra mantra)라고 합니다. '옴'은 나타나는 현상을 상징하고 '아'는 나타난 현상에 실체가 없는 공한 본질을 상징하고 '훔'은 불과 열을 분리할 수 없듯이 현상과 공한 본질을 분리할 수 없는 합일을 의미합니다.

옴은 이마 가운데 있는 몸과 관련된 차크라에 해당되고 색깔은 하얀빛입니다.

아는 목 가운데 있는 말과 관련된 차크라에 해당되고 색깔은 붉은빛입니다.

훔은 가슴 가운데 있는 마음과 관련된 차크라에 해당되고 색깔은 푸른빛입니다.

옴아훔을 순서대로 길게 독송하면서 그 말에 해당되는 차크라와 빛을 상상해 보세요. 아니면 그냥 마음을 열어 놓고 외우셔도 좋아요. 소리 내서 할 수 없는 경우에는 마음으로 합니다. 마음으로 할 때는 짧게 하며 옴아훔 사이사이에 잠깐 멈춥니다. "옴" 하고 짧게 쉬고 "아" 하고 짧게 쉬고 "훔" 하고 짧게 쉽니다.

죽음 명상

이생은 가을 구름처럼 이내 지나갑니다. 친척과 친구들은 시장에서 잠깐 만나는 사람과 같아요. 저승사자는 황혼의 그림자처럼 지금 다가오고 있습니다. 삶의 경험은 어젯밤의 꿈에 불과해요. 감각적인 즐거움은 아이들의 놀이와 같아요. 의미 없는 일은 파도처럼 끝없이 밀려옵니다.

- 파드마삼바바 티베트 불교

죽음 명상의 9가지 생각

* 분명히 죽을 겁니다. 안 죽는 사람 봤나요? 부처님도 돌아가셨고 유명한 사람도 가까운 사람도 죽은 사람이 많습니다.
* 이 하루는 다시 오지 않습니다. 하루하루 생명이 짧아지기만 하고 길어지지 않아요. 죽을 날이 다가옵니다.

* 수행할 시간이 얼마 남지 않았습니다. 수행으로 마음의 변화를 보고 참된 행복을 찾을 수 있는 시간이 점점 없어지고 있어요. 지금 수행하지 않으면 늙어서도, 죽을 때도 후회가 많을 거예요.
* 언제 죽을지 모릅니다. 건강한 사람도, 젊은 사람도 죽습니다. 길을 걷다가 죽고 물 마시다가도 죽습니다. 오늘 죽을 수 있어요.
* 죽음의 원인은 많지만 수명을 늘일 수 있는 것은 거의 없습니다. 이승과 저승의 차이는 한 숨뿐이에요. 생명은 물거품처럼 허약해요. 아직 안 죽은 것이 기적입니다.
* 우리 몸도 생명을 지원하지 않습니다. 늘 아프고 건강과 활력은 찾기 어려워요.
* 죽을 때까지 힘들게 모은 재산이 하나도 도움이 되지 않습니다. 두고 가는 것에 대한 집착의 고통은 견딜 수 없습니다.
* 식구와 친구들도 도움이 안 됩니다. 평생 가까운 사람을 아끼고 보호하기 위해 온갖 악업을 저질렀지만 죽을 때 아무런 도움을 못 받아요.
* 이 몸도 전혀 도움이 안 됩니다. 평생 좋은 것만 먹이고 잘 보살폈던 이 몸도 죽을 때는 무능해요. 죽을 때

는 오직 선업과 수행만 도움이 됩니다. 잘 죽기 위해 수행을 해야 합니다.

4가지 종류의 죽음

* 일반적인 죽음: 평생 이생만 생각하고 살다가 죽을 때가 되면 후회와 두려움이 가득 찹니다. 집착하는 모든 사람과 재산과 헤어지는 고통이 엄청납니다. 이생이 지나갈 줄 모르고 헛되게 살아서 후회가 많고 죽음과 그 후가 두려워요.
* 후회 없는 죽음: 시간을 잘 활용하면 후회 없이 살고 후회 없이 죽을 수 있어요. 이생에 실제로 있는 것은 시간밖에 없고 죽을 때 가져가는 것은 경험뿐이에요. 이생을 위한, 무상한 것에 대한 투자는 다 헛된 투자이며 무상하지 않는, 마음에 대한 투자는 유익하며 죽을 때 가져갈 수 있어요. 두려움은 있어도 후회는 없어요.
* 두려움 없는 죽음: 마음공부를 통하여 명상의 힘이 있는 사람은 두려움 없이 죽을 수 있어요. 알아차림의 힘으로 죽을 때 해탈하거나 좋은 데로 갈 수 있다는 자신감이 있어요. 후회도 두려움도 없어요.
* 반가운 죽음: 제일 높은 수행자는 해탈할 것이라는 확

신으로 죽음을 기쁘게 맞이합니다. 후회와 두려움은 당연히 없고 환희까지 일어납니다. 죽을 때 가져가는 유일한 것은 업이라고 합니다. 업은 마음의 습관이며 여기에 투자해야 합니다. 집착과 욕심과 원한과 부정과 산만하게 돌아가는 마음을 자비와 긍정과 지혜와 깨어 있음으로 돌아가게 해야 합니다. 우리는 어떻게 살고 어떻게 죽을까요? 죽음을 미리 생각하지 않으면 이생을 허비하게 됩니다. 죽을 때가 되면 세속의 허망함을 알아요. 미리 알아 두면 좋지 않을까요? 잘 죽기 위해 사는 겁니다. 죽을 운명을 알아차리는 만큼 시간을 의미 있게 보내고, 죽음을 모르는 만큼 시간을 헛되게 보냅니다. 후회 없는 하루, 후회 없는 삶, 마음에 간직할 평생 화두입니다.

모든 것을 버리고 가야 하는데 이것을 이해 못 해서
좋아하는 사람이나 미워하는 사람 때문에 온갖 죄를 저질렀네.
미운 사람도 사라질 것이고 좋아하는 사람도 사라질 것이고
나도 또한 사라질 것이니 이와 같이 모두 것이 사라지리라.
- 입보살행론

화두 수행

화두 수행을 하기 어려운 이유는 무미건조하기 때문입니다. 사랑과 기쁨, 그리고 신심을 느끼게 하지 않고 특별한 느낌이 없습니다.

사람들은 늘 많은 고통을 경험하기 때문에 수행하러 오면 평화와 사랑과 초월적인 경험을 하길 바랍니다. 이런 경험에 대한 집착까지 생깁니다. 그래서 사람들은 만트라, 염불, 자비명상을 좋아합니다.

일상으로 돌아가면 고통을 받다가 다시 수행의 자리를 찾습니다. 삶 자체를 수행으로 삼지 못하고, 인생이 바로 수행이라는 것을 모르고 수행의 자리만 찾아다닙니다.

화두 수행은 2가지 큰 효과가 있습니다.

첫째 생각이 끊어집니다. 생각에 끌려가지 않아 괴로운

마음의 습관이 작동하지 않습니다.

둘째 마음의 본성 자리를 체험하게 합니다. 고통이 없고 경계가 없는, 자유롭고 평화로운, 허공 같은 본성을 체험합니다.

화두 수행에는 여러 가지가 있습니다. 쉽게 말하면 항상 밖을 향하는 마음을 안으로 돌리는 것입니다. 생각을 좇지 않고 생각의 근원을 알아차리는 것입니다.

* 누가 생각하고 있나? 누가 앉아 있나? 누가 밥 먹고 있나? 누가 화를 내고 있나? 현재의 경험을 누가 하고 있나?
* 마음이 어디 있나? 마음이 분명히 없지는 않은데 마음이 어디 있나? 마음의 위치가 있나? 색깔이 있나? 모양이 있나? 마음이 어디 있나?
* 마음이 어디서 왔나? 어디에 머무르나? 어디로 가나?
* 개념으로 묻지 않고 안쪽을 보는 겁니다. 마음이 마음을 찾는 것입니다. 마음의 시선을 안쪽으로 돌리고 안을 보려고 하고 쉬고, 안을 보려고 하고 쉬는 것을 반복합니다.

이와 같이 여러 가지 화두 수행법이 있습니다. 모든 고통의 원인은 좋고 나쁘고 하는 분별심입니다. 분별심은 생각으로 현현합니다. 분별심을 무너지게 하고 나도 없고 너도 없는 실상의 마음자리를 체험하게 합니다. 체험의 깊이는 수행력에 따라서 다릅니다.

화두 수행이 가장 높은 수행입니다. 가장 높은 수행자라면 화두 수행만 해도 되지만 알아차림과 신심과 자비심을 기르는 수행을 화두 수행과 함께 하면 더 풍부하고 효율적일 겁니다.

내가 좋아하는 것들, 명상

초판 1쇄 발행 | 2022년 11월 2일
초판 2쇄 발행 | 2023년 4월 10일

지은이	용수
펴낸이	이정하
교정교열	이혜숙
디자인	소보로

펴낸곳	스토리닷
주소	서울시 서초구 방배동 934-3 203호
전화	010-8936-6618
팩스	0505-116-6618
ISBN	979-11-88613-27-4 (03810)

홈페이지	http://blog.naver.com/storydot
인스타그램	@storydot
전자우편	storydot@naver.com
출판등록	2013. 09. 12 제2013-000162

스토리닷은 독자 여러분과 함께합니다.
책에 대한 의견이나 출간에 관심 있으신 분은 언제라도 연락주세요. 반갑게 맞이하겠습니다.